■저자(嚴漢晶) 근영

새미시선 21

풍경을 흔드는 바람

엄한정 시집

새미

머리말

　로버트 프로스트는 시 한 편의 값이 토마토 한 개의 값에 못 미친다고 한탄한 적이 있고, 보들레르는 자기 시집이 팔리지 않는 것을 한탄하며 시집을 모두 태워버렸다는 일화가 있다. 삶에는 가격이 없듯이 시에는 가격이 없다.

　전 세기나 현대 사회를 막론하고 시의 독자는 텔레비전 시청자 만큼 많지 않다. 그러나 지난 세기에 시가 인류 문화의 꽃이었듯이 신세기에도 시는 존재한다. 시라는 용어가 존재하는 한 시는 인류 문화의 꽃의 자리를 결코 양보하지 않을 것이다.

　시인의 삶의 보람이나 인격적 향기는 그가 지은 시에 있다. 시의 창조는 일종의 욕구요 갈망이다. 그래 빚어 놓으면 분만이요 산란이다.

　시는 어떤 경우에도 형식적 틀을 의식하지 않는, 늘 처음 당하는 일처럼 삭막하고 새롭고 망설이게 되는 작업이다.

　첫 시집 『낮은 자리』를 펴낸 지 50년이 되었다. 하지만

지금도 낮은 자리는 내가 좋아하는 마음 편한 자리다. 부모님 덕분에 인생 팔십 년을 살아오며 무탈하게 아이들을 키우니 이제 우리 오 남매가 십시일반으로 내 팔순 기념 시집을 내게 된다. 고맙고 갸륵하다. 아내는 여기저기 산재한 작품을 컴퓨터에 정리해 주었다.

이 시집에는 2005년 펴낸 시선집 『면산담화』 이후 발표한 작품 100여 편을 묶었다.

내 마음의 편력과 삶의 족적을 담은 앨범쯤으로 생각한다. 내 아직 무릎에 힘이 남아 산책길에 오를 수 있으니 시상을 다듬으며 편협한 주관에서 벗어나 신이 이룩하신 세계 그 속내를 그대로 바라볼 수 있는 안목을 갖도록 힘쓰고 있다.

2015년 봄
서울 관악산방에서
엄한정

차례

머리말

제1부

제2부

제3부

제4부

제5부

제6부

제7부

제1부

파란들

아끼는 돌 하나
대물림한 숫돌이다
대를 이어 칼과 낫을 갈았다
낫을 가는 동안 나는 파란 들에 나온 초동
검정고무신을 신고 논두렁길에서
무지개 서는 산 너머에 가고 싶었다
저 산 너머
세월이 그 너머로 나를 떠민다
빗자루 걸레나 숫돌처럼 살라는
한 스님의 말씀
살을 깎아 쇠에 날 세우는 숫돌에
다짐하듯 낫을 간다
숫돌에 흐르는 물이 눈물보다 진하다

내 노래 단비가 되어

골짜기 눈이 녹았다
눈 위에 토끼 발자국도 지워졌다
생강나무꽃이 노란
병아리부리 속을 내보인다
곤줄바기새가 구면인 듯
코 앞에서 아는 체 깝죽거린다
싸늘한 안개 속에
책갈피에 넣고 싶은 복수초꽃이
갈잎 속에서 피었다
계절은 회전문처럼 돌아서
목련꽃도 치마끈 풀고 하얀 속을 내 보이리라
아기는 웃기지 않아도 예쁘게 웃고
일부러 뿌리지 않은 씨앗도
꽃이 절로 핀단다
나는 지금

봄을 꽃을 처음 보는 어린이다
이 동산에 내 부르는 노래
구름으로 떠돌다 단비 되어 오너라.

손잡이

아이들 새처럼 다 날아가고
두 내외 살림살이 소꿉장난 같다

밥그릇 국그릇 커피잔을 닦을 때
유독 눈에 들어오는
아내 시집올 때 따라온 커피잔

뜨거운 잔을 들 수 있는 손잡이
손잡이 같은 아내

내가 커피잔을 닦아도
손자 세수시키듯 다시 닦아 놓는다

내가 뜨거운 일 당해 우왕좌왕할 때
내 손을 잡아주는 아내

마지막 커피잔을 놓을 때가
아내의 손을 놓을 때.

호미 다시 들다

제자리에 있을까
강가에 두고 온 돌 찾아가듯
나를 맨 끈이 당기는 곳으로
40년을 돌아
고삐 풀린 송아지가 간다
벼르고 별러 내 것을 만든 작은 밭
마음을 여기 매어두고
솔밭 자락에 뙈기밭을 일군다
지금까지 누구의 농사로 살아왔나
한 일은 없고 받은 것만 많다
다시 호미를 든다
좁쌀만 한 씨를 뿌려서
팔뚝만 한 무 밑을 거두니
하늘의 뜻이 낮은 곳에 있음
호미를 놓은 하루가 저무는 길

서녘 하늘 붉은 노을 지고
귀소 길에 별 뜨기를 기다림이라.

품앗이

인생살이 품앗이란다
적덕은 앙금처럼 저승에 쌓인다 하니
주면서 받으려 말고
남의 일도 내 일처럼 하는 것이다
내 배부르고
어떻게 남을 주랴
노느매기 이골나신 어머니
뒤주바닥 긁히는 소리에도
인정만은 바닥이 보이지 않았다
지금은 세상에 없는 어머니의
어수룩한 말씀이 귀에 쟁쟁하다

어머니

오동나무의 두꺼운 그늘에서 졸고 있거나
문 닫힌 방에 숨은 듯이 잠들었거나
행여라도 돌 속에 꼼짝없이 박혀 있어도
애야 애야 어머니가 부르시면
에미 따라 나서는 송아지 같이 뛰어나오리
에미 품에 안기는 병아리이리
내 이순이나 고희라도
어머니는 어머니 나는 응석둥이
내 성공해 명망가 되거나
쫄딱 망해 거지꼴이 되어도
어머니는 어머니 나는 그 애기
어머니의 금반지 같은 초저녁 별 보며 생각한다
그래 그 어머니의 가호로 사바의 고비고비를 넘고
마침내 등걸에 기대어 피는 난꽃이면 좋으리
깊은 우물 속 가만히 뜨는 그 별이 되어도 좋으리

어머니의 뒤주

시골에서 이사올 때 함께 온 어머니의 뒤주
뒤주 가져오길 참 잘했다고
어머니가 말씀 하셨다
우리 팔 남매 매달려 살던 뒤주
그 위에 꿀단지 깨소금 단지 올려 놓으면
내가 꺼내 먹기 좋았다.

서울로 우리 솔거한 뒤
우리 아이들 자라며 비좁은 집 정리 하다
놋그릇 양은그릇 버릴 때
어머니의 일생이 담긴 뒤주도
천덕군이 되어 버렸다
어머니의 말씀이 영 마음에 걸렸다.

뚜껑 하나 달랑 남겼는데
어머니의 뒤주라고 판각해 걸다.

어머니의 사진처럼.

살살이꽃 바람 길

별이 지고 초록빛 새소리 아침을 연다
그리운 사람의 환생인 듯
돌에서 새촉이 돋아나는 꿈을 꾸었다

몇 줌의 재를 담은 돌병에
부모님 이름을 썼다
네가 잘 다니는 길가에 묻으라는
말씀을 따랐다

부모님 떠나신 길로
지금 살살이꽃 바람이 분다
진자리 마른자리 가리지 않고
예쁜 마음이 뿌린 씨앗이 꽃을 피웠다

가는 허리 살랑살랑 흔드는 살살이꽃
가을 저녁 노을에
새소리 더불어 가는 꽃바람 길

소로의 집

데이빗드 소로의 집은 바람의 집
숲 속 호반에 있다
아무라도 와서 주인이 되는 집

나무들이 빽빽하게 집을 둘러 있고
친구인듯 바람이 말을 걸어오면
나무들은 합창을 한다
한결같이 시원한 소리

해가 지고 바람이 불면
달과 별이 호수에 내려와 수를 놓고
들리지 않는 가락에도 춤을 춘다

소로의 집은 바람의 집
하늘을 지붕 삼아

나고 듦이 자유로운 무법의 집
세속을 멀리하고 산에 드는 사람들
화톳불 가에서 수다스러워도
책을 읽는 모습보다 아름답다

*헨리 데이빗드 소로: 19세기 미국의 철학가

뒷걸음질

산을 오르다가 숨차면
쉬엄쉬엄 뒷걸음질로 오른다

계곡과 능선이 첩첩인데
이 물을 건너고
저 산을 모두 오를 수 없다

저무는 황혼의 언덕을
뒷걸음질로 오르니 힘들기가 절반이다

되돌아보니 발 아래
기어오른 바위가 거북 모양이다
인생도 쉬엄쉬엄 가자
되돌아갈 수 없는 길

진리를 향한 걸음에 후회는 없다던가
걸어온 길이 고향 하늘처럼 환히 보인다.

절에 갔더니

좋은 곳을 절터라 하지
외로울 때 은밀히 부르는 소리에
조릿대를 헤치고 굴을 지나
대웅전 뒤뜰을 건너가면 선방
댓돌에 흰 고무신 한 켤레

문을 닫고 있던 선승이
내 인기척에
미닫이 문을 연다

본 적 없는 길손에게 마침
화로에 물이 끓고 있으니
차 한 잔 들고 가란다

산 속의 인심이 이렇구나
먼 곳에 미인이 살고 있었다

장흥이던가 보림사 길가의 찻집
차떡을 내오던 여주인이
새삼스럽다
산 속의 인정이 세속으로 나온
그곳이 절터였던가

냉이 캐기

일부러 씨를 뿌린 것 아니건만
남새밭에 냉이가 뽀듯하다
냉이를 캐며 아이처럼 웃음이 절로 난다
금방 한 바구니
소꿉동무들 이름도 한 바구니
이 좋은 일 참 오랜만이다
하늘이 우리를 땅에 살게 하시며
바람이 씨를 뿌리고
비가 물을 대어 해가 키운다
산야에 나물과 열매 곡식이 풍서하던 시절
새색시는 가마를 타고
신랑은 조랑말을 탔더란다
옛날이 그리운 냉이 캐기
보리밭 종달새 너도 오너라.

해 질 무렵

뙤약볕도 숨을 고르며 서녘 하늘이 붉게 물들 때
아버지는 워낭 소리 앞세워 논틀길을 걸어오고
어머니는 흙물든 머리수건을 털며 땀을 씻고
밭두렁을 나선다
아이도 까치집 만한 풀짐을 지고
발걸음을 재촉한다
마을에는 추녀 아래 깔리는 연기가 구수하다
누님이 부엌에서 짚불을 지피고 있구나

장독대에 봉숭아꽃 밤을 밝히고
울타리 위로 떠오르는 달이 너무 좋아
하마터면 님의 얼굴 마저 잊겠다
어머니나 고향이나 추억이란 말과
초가 지붕에 박덩이가
그립다 예쁘다 암만 말해도 속되지 않다.

속달 주막 할머니

달 속의 달이 속달인가
수리산 자락 오막살이
추녀가 닿은 마당 끝 도랑물 소리
장독대에 소담하게 눈이 내리면

할미꽃처럼 허리 굽은 주막 할머니
길손을 불러 막걸리 잔을 채우며
이야기를 나누고 싶어 한다

언제인가
그래 먼 옛날
이웃집 할머니처럼 말했다
중신 들 테니 장가 가라고
설한에 꽃 본 듯이 반가운 말씀.

* 속달: 군포시 동네 이름.

돌을 줍다가

강가에서 돌을 줍다가 꽃을 본다
우물 속 내 얼굴 같이 까만 돌과
강물처럼 파란 들국화 위를
나비가 난다
햇빛에 날개가 부서지듯 날아오르는 나비
탁류가 갈앉은
맑게 개인 가을 강가에 서다

물 위에 뜬 구름처럼 흘러간 세월
흐르는 세월 앞에서
나이를 헤아리는 것은 부질없는 일
인생사 보석을 돌로 여기거나
돌을 보석으로 알거나
그냥 무심하게 돌을 줍듯이
여생은 맑게 개인 강물 같아라

따뜻한 손

월악산 송계 구석 낮은 산그늘에
한 산인이 산을 일터삼아 산다
뱀 한 마리 잡으면 한 마리 값으로
두 마리 잡으면 두 마리 값으로
그날의 생계를 꾸려간다
손가락을 빨아도 술맛이 난다며
잔을 권하는 손 손가락 하나가 없다
"독사에 물려 손가락 하나 주었지만
제놈은 통째로 잡혔으니 이문이라"며
웃는 이빨이 고추꽃처럼 희다
그와 악수할 때
손은 따뜻하고 상대방이 아플 정도로 세다
누구를 쳐다볼 때 눈초리는 매와 같다
여자도 예뻐해가지고 아이도 낳았다
산행을 떠날 때는 아내와 아이들을

궤짝 속 짐승들이 단단히 지켜준다
때로는 송이밭 들러 이웃에게 돌리지만
산행에서 제일 좋은 놈은
은밀한 바위 밑 거기 두고 돌아온다
아직은 내것 아냐 허전한 마음 달래며 기다린다.

쉬고 가렴

성에 낀 창문 밖에
끼룩끼룩끼룩 기러기 소리
적적하니 적적한 새야
머나먼 길에
몇 번이나 몇 번이나 곤두박질 했을까
얼어붙은 문창호지에
네 그림자 안쓰럽다
겨울은 밖에 두고
집에 들어 쉬고 가렴
기러기 울음 끝을 물고 오는
첫눈 위에
누가 또 첫 발자국을 찍을까

제2부

이맘때

해마다 이맘때면
간절한 친구 생각에
좀 이르다 싶은데도 성급하게 묻기를
매화 분재에 꽃이 피었느냐 했더니
꽃향기 바람에 실어 보낼 터이니
잔에 술 딸아 놓고 기다리란다
지금 눈발 속에 매화를 못 본다마는
눈길 녹으면 술병 들고 가서
겨우내 막혔던 이야기 길 트고 오리라.

도원기 桃園記

도연명의 무릉도원은 옛이야기
나의 이런 도원기
부모님 산소 끝자락 조그만 밭에
이십 년전 심은 복숭아나무 두 그루
봉지 씌운 복숭아는 노랗게 익고
안 씌운 복숭아 불그레 햇볕에 데었다
그래 그늘이 필요하지
부모님 제삿날
아들은 아들을 데리고 와서
복숭아를 따서 준다
그녀석
노란 것이 맛있다며
내년에도 봉지를 씌우잔다
자식도 싹수를 보고
봉지를 씌워 키울 건가

아닌가는 자기 할 나름이다
작은 터에 복숭아나무 두 그루를 심은 곳
나의 안분으로는 여기 부모님 묘역이 도원이다.

굴뚝의 하얀 연기

우리집에는 아궁이가 셋
안방 건넌방 사랑방 굴뚝이 셋
황혼에 피어오르는 하얀 연기
갱골에 피라미 잡는 물총새와
같이 놀던 나를
얼른 집으로 오라는 어머니의 신호다
보리짚을 지펴 보리쌀을 삶고
옥수수와 햇감자가 아궁이에 익었다
이웃집에서 붕어찜도 가져왔나보다
옛 생각이 어제런듯
오늘도 서달산 망루에 올라서니
내가 자란 계양산이
굴뚝의 하얀 연기처럼 아련하다.

돌과 시

욕심으로 돌을 모았다
욕심이었다
주옥은 골라 친우들과 나누고
이제 몇 개만 좌대에 놓고
남은 돌은 제자리로 보낸다
돌을 줍듯이
수첩에 메모를 하고
좌대를 깎듯이 시를 쓰고
남 보기에 부끄러운 글은 노트에 숨긴다
노트는 두꺼워지는데
치(稚)하고 졸(拙)하기에
물에 씻기고 모래에 갈린 여정
좌대에 올린 돌과 견줄 데 없다.

있던 자리

쫓기듯 살아온 세월 빈 술병 같은데
때로 한가로울 때
능선 아래 낮은 초가에
있던 자리로 내일 되돌아 간다

술잔을 들면
눈밖을 벗어나는 말간 술
비워가는 그릇도
좋은 정물이 된다

오이 풋고추 고추장 탕끼
그런대로 조촐한
술상에 정담이 넘치며
훈훈한 바람 문설주를 넘는다

벗이 빈 자리에
앙금까지 퍼낸 술항아리
빈 술잔에 아직도
벗과 나의 온기와
잔잔한 미소는 그 자리에 남았다.

보리는 쥐불처럼

쭉정이씨는 바람에 날리고
보리는 쥐불처럼 겨울을 산다.

햇살이 아직은 뿌리에 닿지 않지만
심화로 불탄 재에
뿌리 내리며
아리고 쓰린 일 다스려 안고
신명에 눈뜨고 있다.
노인의 아들인 듯 늦되는 곡식.

그들이 등걸잠을 잘 때에
은혜의 이슬은
벗은 발을 덥히고
가려운 가슴을 적신다.

거울에 비추지 않는 봄을
남모르게 모으며
별 얼고 돌 우는 밤에
진실을 이간하는 대목을 지운다.

썩지 않는 말씀을 고르다가
하류로 풀리는 풀씨처럼
들판을 덮고
이윽고 보리는 농부의 잠 속에 꿈이 된다.

걸어서 절에 들면

낮에 밭 매고 밤에 먹 가는 시인이 있더라
산길을 걸어 절을 찾아가는 것은
잡초처럼 일어나는 잡념을 다스리는 길

심상을 다듬으며
발걸음이 길을 줄여
절에 들면
풍경 소린 쟁쟁한 부처님 말씀인 듯

절의 벽에 그린 심우도를 보면
허물 벗은 하얀 소
다리 앞에서 먼 하늘을 바라본다

허물을 벗는 하얀 소처럼
말이 말에 그칠 때

글을 지우고

말이 소금이 될 때

농부가 밭매듯 펜을 들어 탈고한다.

못다 그린 그림

못한 말을 곱씹으며
못다 그린 그림을 안고 있다
이명처럼 달고 다니는
도토리 꿈꿀 때의 풍금 소리
눈 오는 밤의 기다림
잊어버린 이름들이 그립다
하숙집 밥상은 푸성귀였지만
지금은 그 밥상이 그립다
그림 속엔 늘 풋내 나는 가슴 뜨거운 스무 살
탈 것 없는 시오 리를 걸어서
가정방문을 하면 달걀꾸러미와
빨간 감나무 가지를 꺾어 주었다
사라진 풍습
달밤을 걸었다
하숙집은 광주면 경안리 역말

어항 놓아 천렵하던 경안천
저편 건너에서 들리는 부엉이 소리
전설의 머슴새가 소를 모는 석양
못다 그린 그림 여백이 남아 좋다.

달밤

이태백이 놀던 달이 구름을 벗어난다
혼자 보기 아까워 발을 멈추고 서서
명월이 만공산이란 황진이 시조를 외운다

가만한 샘물에 바람이 살짝 분다
샘물이 웃으면 달도 따라 웃는다
마음이 한가로우니 달 가는 줄 모른다

옹달샘에 비친 달을 님이라고 탐내어
바가지로 달을 떠 물을 길었다
바가지를 비우니 달도 가고 없는 것을

산마루길 쉼터 문고

잠시 머무는 시간에 책과 벗 하세요
'서달산 산마루길 문고' 서가에
시집을 꽂아 두는 염소시인과
시집을 집에 나르는 다람쥐가 있다네
교보문고보다 시집이 잘 팔리는
잣나무숲 속 작은 문고
누구나 주인이 되는
'소로'의 숲 속의 집 같다
미당 목월 동리의 책과 나란히
염소시인의 시집이 있는데
그 시집이 자취를 감출 때마다
채워 놓고 채워놓곤 한단다
새우마냥 허리 오그린 염소시인
황혼의 고개를 넘는 쉼터에서
미당 목월과 나란히 있다.

현민이의 받아쓰기

사과는 맛있고 맛있으면 바나나
바나나는 길고 길면 기차
말잇기를 하다가 받아쓰기 합니다

오리가 알을 낳습니다
농부가 참외를 땁니다
토끼가 당근을 먹습니다
염소가 휴지를 줍습니다
하마가 풍선을 붑니다
곰이 계단을 올라갑니다
돼지가 노란 은행잎을 줍습니다
맑은 시냇물이 흐릅니다
둥근 달이 떴습니다
언니가 거울을 봅니다
설날에는 어른들께 세배를 드립니다

읽기도 대견한데
현민이가 고사리 손으로 썼습니다
할머니가 100점을 씁니다.

스무 살에게

신방에 불 밝히는 시월은 상달
시위시여 놓아 주소서
나는 화살이요
하늘을 나는 운율로 그득한 관악기

청청한 대나무로 자라서
때로는 풀잎처럼 흔들릴지라도
마음대로이게 놓아두소서

아버지 땡볕 같은 아버지
늘 팽팽한 육성
채찍도 함께이시되
낭기마를 태워주소서

쑥덤불 자갈밭일 지라도
조강한 자리 보아 새끼들을 키우면
쑥맥 같은 쑥맥 같은 이들 두루
심성에 밝은 불 켜고
신묘한 소리 내는 피리 되게 하소서.

시인의 정년

회색빛 종이 위에 추억의 감자꽃을 그린다
민들레 오이밭 메밀꽃 수수목 들의
친근한 어휘와
열 여섯 살 때 들은 아버지의 말씀을 생각한다
"너도 곧 어른이 된다
그리고 조만간 늙는다"

수없이 계절이 바뀌고 또,
회색빛 억새밭 위로 추억의 새들이 난다
그때 아버지 나이가 된 내게
"시인은 정년이 없느냐"고
막내가 지금 묻고 있다
좋은 시를 남기는
안심하고 생애를 막는 나이는 몇 살일까.

엄마와 딸

치마에 흙물들인 엄마가
분 바른 딸에게
손수 지은 완두콩을 건네며
적다 하는 엄마
많다 하는 딸
언젠가는 딸도 또
엄마처럼 되겠지.

기뜩이

예쁜 이름 따로 있지만
요거 요거 요것을
우리집에선 기뜩이라 부른다
고추꽃 피어나듯 쏙 내민 젖니 네 개
패랭이꽃 입술에 머무는 삐삐
엄마 아빠 일터로 간 다음은 할머니 차지
손에 잡히는 것은 모두 장난감
단지 화초는 이뻐 이뻐 만지지 않고
장난감 가지고 혼자서도 잘 놀지만
할머니가 등을 내어 앉으면
업히는 걸 제일 좋아하지
엄마 아빠와 잠자리에 들면
아침까지 보채지 않고 잠자는 것 기특해라
될성싶은 떡잎 보며
엄마는 귀염둥이 할머니는 기뜩이

고희에 이맛살 환히 펴 주는
애보개도 달가와라
현민아 부르면
네 대답하는 날도 곧 오겠지.

변명

'할아버지 담배 피우지 말아요
이상한 애기를 낳는대요'
궁색해진 할아버지는
'그래도 네 엄마는 얼마나 똘똘하냐'
할아버지 변명이 딱해보였던지
희원이 금방 말을 바꾼다
'아하 그렇죠
엄마가 이상한 건 너무 예쁘고 똑똑한 것뿐인데'

희원이 곰인형을 사달고 조르는데
'왜 애기처럼 구느냐'
엄마 퇴박에
'엄마가 그랬잖아요
언니하고 다툴 때
언니더러 왜 애기하고 싸우느냐'고

엄마는 웃고 말았다.

십 원짜리를 조르던 때가 생각났다.

한 족속

엄나무야 부르니
엄나무가 대답한다

개구리야 부르니
개구리가 뛰어든다

섬돌 아래
뱀이 허물을 벗는다

산 속에 들어
한 샘물을 마시며

몸에 밴 흙냄새 풀냄새가 같아
나도 한 족속인 줄 아네.

제3부

풍경을 흔드는 바람

탑을 흠모하여 종이 울린다
돌 틈의 샘물같이 스승의 발자취가 보이고
선사의 독경 소리 들린다
보림사던가 향일암에서 만난
보살의 미소도 물거울에 떠오른다
종이 울리면 탑이 다시 보이고
그 그늘 안에 내가 섰다
탑 주위를 맴도는 종소리는
얼마나 절실한 울림이냐
손이 못 닿는 풍경을 바람이 흔들며
엄마를 울리는 애기처럼
끝내 탑이 중심을 움직일 수 있을까

자갈길

내리막길을 가고 있다
뒤에서 산그림자 어깨를 누르고
골짜기 물이 신을 벗으란다
길은 질곡의 자갈길
소 모는 머슴처럼 귀소하는 길
낮은 곳에서 기다리는
다섯 쌍의 눈망울
배낭을 뒤져본다
빈 그릇을 들고 오히려
남의 밥그릇을 걱정하는 아이들이다
진달래꽃 몇 가지 꺾어온 가장
육십에 능참봉처럼
패거리들로부터 멀리 떨어져
자갈길에 황소걸음이다.

별

달 여위고 총총한 별
너무 멀리 있어
그 중에도 풀꽃처럼 작은 별
어머니 머리맡에 꽃나무
불 끄니 창문에
꽃송이 벙글듯 영롱하다
언제 떠난 슬픔이냐
그 희미한 얼굴로
무슨 이야기를 할까
근심 띤 별
숨은 별들도 모두 오너라
네가 오는 좋은 밤
좋은 이야기 하자.

눈길

눈이 내린다
하늘은 은은한 쑥꽃빛
구름 밖에 달이 떠 환한 밤이다
구름에 가린 달도 밝아서
홀린듯 하느재를 넘을 때
부엉이는 목이 쉬었다
아득한 곳에는 알전등 불빛
이런 밤은 겨울 달도 따스하니
우산 없이 맨발로 길을 걷는다
빨간 지붕 양철집에도 함박눈이 쌓이고
참새들이 대수풀 눈을 털고 있다
까만 머리 향긋한 그 댁 아가씨
적적한 내 발길 따라 나오시려나
밤새워 걷고 싶은 길이다
얼마를 가면 달에 갈 수 있을까.

나비가 접히었다

풀밭에 나비가 접히었다
풀잎 위에 얹히는 이 가벼움
나비가 안심하고
곁에 둔 꽃에 누워
영원의 갈피에 접히었다
꽃은 나비에게 나비는 꽃에게
달디 단 이슬을 받아
영혼의 머리칼을 키우며
日月이 이슬에 맺히는 섭리
새아침이 온다.

말뚝에 매여

잎새 같은 인생 행여 나무라지 말게
내 한 세상 말뚝에 매여 살더니
이제 지팡이 들고 문을 나선다
행여 잎새라 하세
민들레꽃씨야 바람을 타지만
잎새라 하세
마음 편히 여울을 타고
꿈도 살랑살랑 물결에 맡겨버리세
여울아 느리게 가세
정선에서 영월이든 영월에서 여주이든
꿈이야 좋은 것을.

창문에 불빛이

네가 거기 깨어 있으면
창문이 환하다
엄마가 네게 젖을 물리고 있을 때
창문에 불빛이 멀리 비치고
남들 모두 잠든 한밤중에
네게 젖을 주는
엄마는 두 몫을 사는 거야
그래 훗날 내가 가고
네가 사는 세상에서
밤이 되면 언제나 별이 살아나듯
엄마는 네 속에서 오래오래 사는 거야.
네 창문에 불빛을 보고 있을 거야.

하현달

파랗게 떠는 손을 쥐면
말없이 눈가에 무리 서는데
생각처럼 깊어가는 한밤이
밀리고 밀리는 언 하늘에
조금 남은 달빛과 눈빛
봉숭아 물들이던 열일곱은
서운한 누이
그애 사랑 하늘에 닿아
영롱한 밤 달이 되었다.

연어 처럼

먼빛으로도 삼삼한
물에서 보는 산
산에서 보는 물
모천을 찾는 연어처럼
제 고향 흙냄새 그리워
길 떠난 날에
고향 하늘 아래 옷깃을 여민다
물가에 내려오는 산가르마 길에
상수리 몇 톨 주워 땅에 묻는다
예서는 눈먼 이도
새소리로 산빛을 안다
흙냄새 안고 오는 순이를 본다.

아가 일기

엄마를 찾으며 울다가 미끄럼 탈 때는
방긋방긋 웃으며 놀아요
좋아하는 수건도 많이 찾지 않고
엄마도 찾지 않고 놀았어요
손을 씻을 때 사용하는 거품비누가 신기한지
계속 만지려 하고
재미있어 했어요
낮잠 잘 때 엄마를 찾으며 울었어요
그래서 주희와 함께 누워 있도록 했더니
둘이 이야기 하다가 잠이 들었어요
내일이면 아가가 벌써 네 살이 되네요
3월에 찍은 사진에 비하면 이젠 어린이 티가 나네요.
반죽을 동글동글 굴려보며 송편 만들기를 해요.
그림을 그리면서 이야기를 해요
이야기가 그림이 되게 만들어요.

낮아서

낮아서 편한 자리
내 어릴 때 놀던 그 자리
세상에 그 많은 자리에
눈팔지 않고 살아온 세월
자녀들 키워 여읜 뒤
돌아온 곳
다랑밭 일궈 푸성귀 나누며
자연과 함께 즐기는 안락한 자리
낮아서 편한 행복함이여

밖을 보아요

온종일 미음 한 모금 자시고
마른 풀처럼 누워 계시다
팔뚝에 힘줄이 희미한데
내 머리 빗질하시듯
논밭에 김매듯이
방에 손바닥 비질하시다
문턱을 넘어 거실에 나와 앉아 계시다
어머니 밖을 보아요
들판에 조팝나무꽃이 눈밭 같다
문턱 하나 넘으니 세상이 이렇게 놀랍다.

할머니

슬픈 산 하나 가지고 있다
빗돌 없는 무덤에 박힌 지석(誌石)
순흥 안씨 먹글자 또렷하다
북망산에 조금 남은 흔적 마저 지우며
하늘로 오르는 연기 한 줄기
손을 내밀어
타고 남은 황토 한 줌 쥐면
숯불처럼 타는 가슴
저기 업혀 넘던 하느재고개 너머로
등 굽은 할머니가 가물가물하다.

문패만 남은 미당의 집

길 물을 사람 없어
동네 한 바퀴 돌아 겨우 찾았다
주인 떠난 집에 문패만 여전하다
국화 한 다발 놓기 민망스럽다
잠긴 문 사이로 잡초 무성한 뜰이 보인다
영혼의 창고는 여기 남아있으나
말씀을 들을 수 없는 나는 귀머거리 된다
당신의 뜻으로 심은 배롱나무
후박나무 추녀를 누르고
가지 많은 감나무엔
제자들 수 만큼이나 감이 많이 붉었다
혹은 까치밥 되고 홍시 되어 떨어지리라
그 따뜻한 손을 놓아버린 제자들
씨는 흙에 묻히나 날아간 새들이다
스승의 빈 집을 어쩔 수 없어

사진 몇 장 찍고 돌아서는
먹물 같은 가슴을 쓸어 내린다.

서달산에 오르니

고향의 계양산이 보이는
국립서울현충원이 들어앉은
신이 다 닳도록 다니고 싶은 서달산

장마 끝나고 서달산에 오르니
한강 물에 발이 잠길 듯 하고
남산 건너편 삼각산은
숨은 사람도 보일 듯
흰 구름 듬성듬성한 우리 하늘이
백두산천지의 물처럼 맑고 시원해라.

제4부

힘들지요?

힘들지요?
말을 걸어온다
몇 살이요? 묻기에
대답하며 돌아보니
백발인데 나와 동갑이란다
세월이 화살 같고
'인생 일장 춘몽' 이라더니
한 해가 다르게 발에 힘이 빠진다
사는 것이 힘들다지만
'쇠똥밭에 굴러도 이승이 좋다' 하니
먼저 간 친구들 그리워하며
손자들 재롱 보며 그런대로 살리라.

낫을 갈 때

볼품없지만 대물림한 돌이다
낫은 여러 개를 바꿔 갈지만
숫돌은 하나
낫을 갈 때는 초동이 된다
산 너머를 그리워하는 초동이 된다
뜸북새 내리는 논두렁 길에서
검정 고무신을 신고 보는 산 너머 뭉게구름

낫을 갈 때는 낫보다
숫돌이 얼마나 고마운지
숫돌에 흐르는 물이 촛농처럼
순교자의 피 아니 아버지의 눈물처럼
가슴 저린다
낫을 가는 지금 나는
저 산 너머의 그 너머를 내려간다

추석 밑에 벌초를 위해

낫을 가는 나를

아들 형제가 지켜보고 있다.

스무 살의 눈길

스무살 병아리 선생이 임지로 가는 길에
진달래꽃이 흐드러지게 피었다
들판에서 자라서 산골 학교로 가는 길은
말 그대로 꿈이었다
인생의 초록빛 시절이
눈 위의 새 발자국처럼 남아 있다

눈이 내려 기다리기 좋은 밤
집에 있을까
눈길을 걷고 있을까
하늘에서 피어나는 꽃이다
눈이 내리는데 달은 어찌 밝을까
그대 풍금 반주에
나는 트로이메라이를 불렀다
하숙집 마당에 눈이 쌓이며

우물가 향나무에서 눈이 푸석푸석 떨어진다
그대 발자국 소리에 미닫이를 연다
도난당하기엔 아까운 스무살의 눈길
낙엽에 묵은 엽서를 읽는다.

노힐부득 설화

—삼국유사에서—

산짐승도 길을 잃을 법한 산 속 암자에
여인이 나타나 산기를 호소하며 노래 한다
'첩첩 산중에 날은 저문데
가도가도 집은 보이지 않소
소나무 대나무의 그늘은 그윽하고
냇물 소린 한결 새롭소
길을 잃어 찾아왔다 마오
도 깨닫는 길을 가르치려 하오
부디 내 청만 들어 주시고
길손이 누구인지를 묻지 마오'
노힐부득은 짚자리를 마련하였으니
해산한 여인은 목욕을 하고
'스님께서도 여기 목욕을 하시면
첩첩 산중에 가는 길을 말하겠소'
부득이 목욕물에 드니

물이 금방 금빛으로 변하며 난향과 사향이 풍긴다
보니 여인은 간 곳이 없고
노힐부득은 연꽃 위에 앉아 있었다.

소를 타고

아버지가 논갈이를 하면
쟁기 뒤를 따라 올방개를 줍는다
보석이라도 되는듯 눈을 밝히고
논고랑에 흙탕물이 가라앉고
올방개로 주머니가 불룩해질 때는
소도 느른한 해질녘이다
아버지는 짚단처럼 가벼운 몸에 쟁기를 지고
아이에게 소를 타라 하신다
염치를 모르는 아이는 소등을 타고
새참에 내온 콩자반을 씹으면 입이 달다
소를 모는 머슴새 소리를 들으며 집에 간다
금빛 햇살이 재처럼 사위어 지면
소가 외양간에 든다
아버지의 수고로움이 소와 같다
그 수고로움을 내려놓은 자리에 아이가 있다.

손자의 동물농장

우리집 거실에는 동물농장이 있다
장난감 동물농장
큰 그림을 위한 밑그림
농장 사진을 찍었다
현성이의 꿈을 찍은 것이다
장난감 동물농장 주인 현성이는
정말 동물농장을 가질 것이다
지금은 작은 그림
싹이 트고 자라서 거목이 되는 꿈
케냐의 세렝게티 평원에서
얼룩말 무리와 누우떼를 모는
범 같은 기상으로 꿈을 키워
정말 농장 주인이 되면
지금 너와 같은 어린이들이
엄마 아빠 손 잡고 많이많이 구경오겠지.

호박 한 덩이

나무보다 낮은 지붕들이 추녀를 마주대고 있다
새벽 닭 홰치는 소리가 이집 저집 잠을 깨운다
쇠죽 쑨 구들 따스함이 발목을 잡는데
마당을 쓴다. 물 뿌린 마당이 상쾌하다
세월이 강물처럼 흐른다던가
세월에도 상류와 하류가 있다던가
세월의 어느 갈피엔가
산수유나무 때죽나무 산딸나무가 선 마을이 있었다
잊었던 이름들이 새삼 살아나는 마을이다
풀잎 그늘 나무 그늘 산 그늘 지는 해 석양
귀소하는 길에 푸른 어스름이 깔린다
불빛도 새어나오기 힘든 창문을 달고 있는 집들
수목과 바위와 질곡을 지나
주위가 마냥 한가로운 길을
늙은 호박 한 덩이를 웃음과 함께 지게에 지고
흥부네 박인듯 지고 가는 사람이 있다.

노래

색상을 지우고 지워서 마침내
보이지 않는 이도 볼 수 있는
담 밑에 햇살처럼 따뜻하고 밝은 시(詩)

마침내 외마디 소리내어 우는
가시나무새를 떠올리고

뒤에 오는 해녀를 위해
깊은 바다 속 아껴 둔 전복을 떠올리다가

알을 품고 기다리는 암탉처럼
하고 싶은 말 참고 있다가

마침내 사전을 털고 나오는 노래가 되어라
바람결 매화 향기 같은.

채마 일기

—태풍은 자고

아이고 고춧대야
태풍에 버팀목도 소용없이 쓰러졌구나
남들은 집채까지 쓸어갔다며 한탄인데
나는 고춧대를 조상한다
내 살 아픈 것만 생각하고 있구나
승연아 설익은 것 말고
잘 익은 토마토만 따렴 그리고
너희는 차를 타고 집에 가거라
나는 쉬엄쉬엄 걸어서 갈 터이다
말라버린 나뭇잎이 낙조의 새처럼 반짝인다
석양이 아름다우니 일부러 걷고 싶다
흙을 밟으며 살 날이 얼마나 남았겠나
외국인들 부러워 영상에 담아가는
우리 풍광 아니냐

산골 친구 찾아 갔더니
대접할 것 변변찮으니
별 구경이나 싫컷하고 가라 하더라.

빈 그네

바람아 빈 그네를 밀어라
호젓한 공원에서
조용히 흔들리는 빈 그네가 심심하다
낙엽 지는 나뭇가지 사이로
우리 하늘이 유난히 투명하다
회오리바람 타고 낙엽처럼 날아간
옛날 그 마당에 혼자뿐이다
그네 타며 즐겁던 친구들
강복이 정환이 잘난이 난철이
목화밭 호박밭 모두 어디 갔나
망연히 맨땅에 맨발로 서서
떠나버린 것들을 기린다
빈 술병에
보이지 않는 바람이 휘파람 분다.

열 살적 고향에는

오클랜드 시가는 집 반 나무 반
해변은 아득한 잔디밭
타마키 해안 드라이브 코스로
파도가 금방금방 기어오른다

아득하지만 열 살적 내 고향에는
나뭇잎들은 제나름의 제빛깔로 반짝이고
오클랜드 바다처럼 희고 긴 구름과
타마키 해안처럼 용암이 끓는 해도 있었다.

달아 달아

달아 달아
달이 늙는다면 말이 되느냐?
달처럼 한 눈에
세상을 뚫어 보는 시인은 있으리라
월로사(月老寺) 스님 같은

늙은 달이란
달을 경배함이라
황혼빛이 안산을 넘어가면
잃어버린 달 찾아
달 뜨는 풍경을 사랑하리

달을 보자고 정자를 따로 짓지 않아도
굴렁쇠 굴리며 놀던 언덕에
관악산 덜미에 밝은 달아

어머니 떠나시던 날은
달이 행주처럼 젖어 있었다.

달보기 별

서울 하늘에 뜨는 별
달무리 가에 오직 하나
엄마 찾는 강아지 눈빛으로 달 찾아 나왔다
달 넘어가도 남아 있는 별
달보기 별이라 불러본다

보리밭 종달새 모두 어디 갔을까
시골에 그 많았던 별 다 어디 갔을까
형광등불로 편하게만 살자고
별을 쓸어버린 하늘
달 없는 사막이다
가람의 별 노래 그리운 노래
사라진 것들을 찾아 시골에 간다

나는 베란다에 나와
애보기 되어 별 노래를 들려 준다
너는 내게 땅 위에 하나뿐인 별이라고.

* 가람 : 시조시인 이병기의 호

제5부

주옹송 珠鎔頌

선친의 함자가 구슬 주 녹일 용자
바닷물 길어 소금 굽듯이
평생 돌을 녹여 구슬을 빚다
부모님 나를 불러 구슬이라 이르니
모진 마음 모래에 갈고
물에 헹구며 살다가
마침내 은혜의 집에 들면
다음은 그냥 돌일 뿐
하늘은 구슬 같은 이슬을 내려
사라지면서 흙을 적신다.

지금도 생각나는데

지금도 생각나는데
소식 감감한 친구
꽃이 피는데 친구 생각에
눈이 즐겁지 않네
'인생은 나그네'라 농담하며
앞서지 말고 뒤지지도 말고
어깨동무 해 가자고 했지
축복 받은 인생
물이 막으면 징검다리 놓고
언덕이 높으면 지팡이 되자
때로는 소가 되고 수레 되어
업으며 업히며 가자
지금도 생각나는 사람 좋은 친구
바람결에 음성 들려주게
그 음성에 그대 얼굴 그리겠네

돌아오게
여기 누가 만든 꽃밭이기에
나비들은 마음껏 와서 노는가.

큰 돌 세우니

길가에 나온 부모님 묘소 앞에
보령에서 온 큰 돌에 추모의 정 새겨 세운다
저 먼 곳에서 내 못쓴 글씨가 보일까
두 분의 뜻에 따라 세상에 대고 세움이다
편의 앞세운 도로여
너무 가까이 무덤 앞에 다가서지 말라
맨발로 흙을 밟는 것은 축복이었다
산이 물러서거나
오석에 새긴 이름이 바랠 때까지는 고사하고
새긴글이 의미를 잃을 때까지
제자리를 지키어라
주변에 유실수로 작은 과원을 만드니
꽃 만발하여 열매 달리거든
복숭아 매실 보리수 감 따며
손자들 와서 즐기고

많은 축복 받은 이 세상에
바람에 떨어지는 낙과이려니
길손들 딸 것도 더러는 남겨두어라.

별명 염소念少

그는 양력보다 음력의 인상을 준다
소위 출세영달이란 것을 곧잘 접어두고
초조하거나 성급한 눈치를 보이지 않는다

그 염소 비슷한 눈과 입 모습에
고대 신선도 속의 깊은 산자락 바위 위에서
가만히 앉았다가 뿌시시 잠깐 일어나서 온 것 같은
늘 조용함에 염소(念少)에 맞춤이다

천생 바지 저고리 티를 못 벗는 친구
그늘과 구석과 깊은 데와
귀빠지게 고요한 쪽에 잠기는 그는 순식물성 기질이다

이런 그와 아조 한가한 음력 설날이나
추석의 한 때를 같이 해
우리나라 농주를 서로 권하는 게 매우 달갑다

염소와 비슷한 데가 있는
그의 얼굴의 잔잔한 미소를 곁에 보며
같이 농주를 마시는 게 아조 달가운 것이다

질마재 국화밭에서

앨범을 편다
또 그리운 스승 미당이다
세상에 다시없는 스승
나이는 없다며 하루하루 일생처럼 사시던 분

'국화 옆에서'를 처음 읽던 때를
20년도 자난 어느 겨울 눈 오는 날
무슨 억하심정에 거나해서는
안에 계시냐
대문을 걷어차는 제자의 호기에
왈, 예쁜 메뚜기 같은 놈
파안대소 하시던 모습
스승도 제자도 나이를 모르는 꼭 선머슴아였다

하직 인사를 하면 마루를 내려와
샛문을 비켜 대문을 열어주시며
춘부장께 꼭 안부 전하라 하시더니

이제 정말 나이가 없는 영원한 고요에 드신 곳
질마재 언덕이 온통 국화꽃이다
질마재 언덕 미당의 잠자리를 비추는 달이
온 누리를 밝히는데 가는 길마다
'아니 온 듯 다녀가세요'팻말이 섰다
거기 노란 국화 몇 송이 차를 만들어
미당국화차라 명명하여 음미해 본다.

묵은 이야기

햇살 같은 木月 시인의 원고료와 커튼,
시집 한 권의 인세로 쌀 두 가마 값을 받던 시절
당신의 사연을 대필한다.

아이들이 얼마나 좋아할까
골목 어귀에 들며 아이들 방 창문부터 보았다
고대하던 커튼이 없다
아내는 알토란 같은 원고료로 요를 새로 꾸몄다
아이들은 커튼을 고대했건만

아내는 알싸한 내 눈을 보았다
그리고 그 일을 잊었는데 어느날
창문에 만발한 꽃들이 석양에 빛난다
아내는 헝겊을 모아 조각보로 커튼을 꾸몄다
생활에 짠맛내는 오색 조각보
눈꺼풀이 또 알싸해진다.

1992년 미당 未堂

회갑해 겨울날
할머니 품이 그립다던
1992년 7월
1천 6백 25개의 산 이름을 외우다
부인을 동반하고 유학길에 오르며
'일흔 넘은 동양 학생을 보면
모스코바대학 교수들도 조금은 놀랄거야'
도스토예프스키, 푸시킨을
원어로 읽어볼 마음에
나이를 잊고
관악산 기슭을 떠나서
코커서스에서도 몇 년을 살거라며
'나는 참으로 그리워하는 사람이야⋯⋯.'
말씀하신 그 스승이 그립다
올해도 질마재 국화꽃밭을
사람들이 벌떼처럼 찾아온다.

미당 시인 부인 방옥숙 여사

그 시인에겐 그 부인이 있었다
내 농사 짓던 시절
수수목이나 풋콩 단이나 가양주를 들고 가면
'여보 한정이가 왔어요'
미당 시인 앞에 안내하시던 방옥숙 여사

대나무 숲에 은거한 미당의 초당
시인의 분방한 마음의 편력을
다소곳이 지켜본 방옥숙 여사
먹구름에 천둥이 가슴을 치던 날들도
'원망 같은 건 안해 봤어요
살다보면 헤쳐가겠지' 하고

'저 봐요 관악산이 웃고 있어요'
하니 미당은

'당신이 시인이고 나는 대서쟁이야'
문학의 향기 장짓문을 넘어
몸에 밴 방옥숙 여사
똑 같은 고무신 맞잡은 손 닮은 미소
당신을 시인으로 만든 애인 곁에
나란히 질마재 언덕 국화밭에 누우시니
생전에는 모르셨지요
이 넓은 국화밭이 당신의 것인 줄을…….

쉬운 말

쉬운 말은 모두 그럴까
사람들을 감동시키는 말은
아주 쉬운 말들이다
김수환 추기경이 마지막 남긴 말씀
"고맙습니다. 서로 사랑하십시오."
"이는 또한 그분의 말씀이며
그분은 하느님이요
나는 그분을 가리키는 손가락이라."
그 실행으로 하늘을 사랑하여 별을 수놓고
세상에 빛을 더하시더니
그래도 못다한 일 사랑이라 하시다

미당 서정주 시인의 마지막 말씀
"허허 국민 여러분 잘 봐 주세요
이 나라가 잘 되려면

미래의 꿈나무인 어린이를 잘 키워야 합니다."
엄마 말씨처럼 정감 있게
풀꽃처럼 표나지 않게
숨은듯이 그렇게ㅡ.

매화골 작가 이동희

녹슬고 무디어진 농기구에
새로 날세우는 숫돌이 되어
피 말리는 아픔의 결실을 이룬다
작은 것으로 큰 일을 이루니
척박한 흙에서 홀로 자란 조선솔 같다
외롭게 농민문학에 진력하여
민족문학의 반석 위에 올려놓았다
문학하는 양심의 쌀로
민족의 혼불을 지폈다
흙은 사랑과 땀의 산실
눈부신 흙을 경작하듯
농민문학에 열정을 기울이며
정갈스럽게 인생을 가다듬는 그대
진주조개처럼 가슴을 앓다가
"땅과 흙" 대작을 이루었다.

인간 채명신

건군 이후 병사 묘역에 안장된 첫 장성
늘 동작동 현충원을 바라보며
"부하들 곁에 묻히고 싶다"고 말했다
3년 8개월 동안 월남에서
자신을 따르던 병사들
그를 치켜세우는 자리에서
언제나 병사들의 전공을 앞세웠다
진정 인간적인 모습으로
병사들 앞에 별을 내려놓고
영원한 쉼터로 택한 2번 병사묘역에
어깨 나란히 작은 비석으로 서서
묘비명을 남겼다
'그대들 여기 있기에 조국이 있다.'

대상포진

—이창년 시우에게—

설악산을 혼자 넘으리라
다짐했던 녹음에
대상포진이 발병해서
앓다가 보니 벌써 가을
이제 험한 산 넘을 엄두는 내리지 말고
계절이 넘어가는 산자락에
예쁜 구절초나 보고지고
겨울이 머잖다

"수다스러워질까 하여
그냥 어떠하신지
많이 좋아지셨다니
마음 가벼워져 고맙지만
고맙다고 할 채비가 못된다
'인생은?'

'나그네 길'

서로 바람을 긋듯 주고 받으면 족하다"

내일이면 내일이면 좋아지겠지

일 년을 넘겨 앓는 어느날

이창년 시우의 안부 편지다.

※ " " 부분 이창년 시인의 글

물결같이 오석같이

─ 시인 황송문 ─

섬진강 물머리 오수에서 태어나니
멀리 지리산 능선이 지평처럼 펼쳐 있고
가까이 마이산이 보랏빛이다

명산과 청강은 인재를 낳고
인재는 고향을 명소로 키운다 하니
붕어맛이 구수한 고향

객지 바람에 어느 새 정년이란다 솔바람이 그립다
살을 깎으며 군살을 덜고
섬진강 물머리에서 하동포구쯤 와 있는 돌인가

물결 같은 마음
강인한 속살만 남은 오석
'은모래로 이를 닦으시던 할아버지의

상투 끝에 맴돌던 잠자리'
문양이 완연하다.

박종수의 혼자 술

앞서거나 쳐지지 말고
동인(同人)이니까 나란히 가자고 그러더니
벼락치듯 혼자 가는가
우리에게 남원의 봄이던 자네

광한루에서
경주 석병호 시인과 술을 자시다
그를 보내고
비에 젖은 새처럼
늦가을 저녁 놀 속에 혼자 술을 자시다

나와 변세화 시인을 보내고
오늘 또 광한루 귀퉁이
춘향 사당 댓돌에 앉아
춘향 영정 바라보며
짚신 잔에 술을 딸아 혼자 술을 자실까

남원 '은성집' 여주인 말로
박 시인 얼굴엔
정월에도 봄이 온다 하니
올 겨울도 운봉 장날
무쇠솥에 끓는 콩나물국 놓고
그 구수한 풍물에 젖고 싶구나.

故 진의하 시인을 애도함

울기도 많이 했을 사람
남산의 깡통이 휘파람을 부는 소리
그 내력을 누가 알까
등산 할 때나 주석을 같이 할 때
낮게 앉아 큰 소리로 좌중을 웃음 바다로 만들었지
외로울 땐 날 부르라던 사람아
그 약속을 잊지 않았네
당신을 좋아하는 이 많은 문우들을 뒤에 두고
어찌 그리 빨리 먼 곳으로 떠나
허망하게 하는가
빈 자리가 너무 크네
지팡이를 보낼까 좋은 신을 보내면 올까
여행 길에는 옆에 앉아
귀 닳도록 경애한다며 나를 무안케 했네
당신의 시집을 다시 보네

'오월이 오면/ 길 끝난 자리에/ 길이 있네'
애도래라 4월도 오기전에 떠난 사람아
당신은 남긴 말로 우리 곁에 오네
솥 뚜껑처럼 묵직하고 따뜻한 손
어느 하세월에 또 한번 잡아보려나.

유승규 소설가를 기리며

옥천 문필봉 아늑한 자리에 인재 태어나시니
소설가 유승규이시다
그분이 살고 마침내 마지막 누우신 곳
언제인가 벗 이동희와 같이 그곳에 갔을 때
산신령이나 자셨을 법한 송순주와
맛깔스런 잔치국수 사모님의 손맛이 있었다
명산은 인재를 낳고 인재는 고향을 빛내나니
고향과 농민문학을 빛낸 그분
이웃집 아저씨처럼 수더분하고
나를 낮추고 너를 높이 칭송하였다
스승 이무영 문하에 들어 문학 하기를
소가 다랑이논 척박한 밭 갈 듯이 하였다
한 때 조선일보 뒷골목 다방과 주점을
전전하며 가벼운 주머니를 비운 적도 있었지만
소가 워낭 울리며 밭 갈 듯이 영농하며 집필하며

농민문학을 안고 살아 불후의 명작들을 남기었다
소설 빈농, 지주, 만세, 푸른 벌, 농기, 농지
도시의 직장의 유혹을 뿌리치고
노농의 서글픔과 뼈아픈 심정을 그린 작품들
농민문학정신 강물처럼 흐르고
이제 뒤에는 푸른 숲 앞에는 맑은 강
몸을 본향에 맡기시었으니
그분의 업적과 인품을 기리며
삼가 유승규 소설가의 극락왕생을 빕니다.

장호농원 주인

무궁화 길에 들어 보았다
내가 사랑하는 생활을 그가 살고 있다
흙에서 겸손을 배우고
초목에도 예의를 다하듯
무궁화를 가꾸는 사람
바람이 불면 허리를 굽히고
단비가 내리면 손을 모아 하늘에 감사한다
한해살이 꽃이나 여러해살이 나무에
한결같이 정성을 다하는 사람
장호농원 주인 전병열
정자를 짓고 뜰에 잔디 양탄자를 펴고
삼계탕으로 친구들을 맞이한다
자식처럼 애틋한 배롱나무 두 그루 받아
부모님 산소 가에 심는다
세월 갈수록 수피가 고와지는 배롱나무

제6부

산이 온다

내가 즐겨 찾아 오르는 산이
황혼이 지면 내게 온다
외양간으로 들어서는 소처럼
슬그머니 거실로 들어선다
정담을 하자는 것이다
아내처럼 아들 딸보다 가까이서
내 외로움과 괴로움 슬픔을 위로해 주는
마음의 버팀목
마침내 내 쉴 곳도 산
그리운 세월 속에 간 사람들이 있는 곳
그곳으로 내가 소를 타고 가는 초동처럼 천천히 가고
있다.

팔월의 백두산천지에서

신령한 하늘이 천지에 내리시니
웅녀여 오심으로 천지개벽이다
이 물가에 배달민족의 알이 태어나고
동명성제 첫터를 잡았다
그 숨결 영봉의 기세 반도로 뻗어내려
백두대간 금수강산을 이루었다
물은 넘치고 땅에 스며들어
압록강 두만강 송화강 물꼬를 텄다
우리 반만 년 역사의 거울이 여기에 있다
잠을 설치며 벼르던 백두산 등정
폭포의 물보라 무지개를 두르고
지축을 울리는 말발굽 소리를 뒤로
새처럼 산천어처럼 날렵하게
하얗게 부서지는 승사하를 따라갔다
초원과 천지가 광활하다

과연 천하를 호령할 만한 터다
들꽃 한 송이도 아까운 이곳에서
천지의 물을 길어 병을 채운다
돌 하나 주머니에 넣는다
오늘의 이별은 이별이 아니다
광복의 팔월 천지에 내가 우는 것이 꿈이 아니다

백두산천지의 물

저기 하루 자고 여기 사흘 묵어서
백두산천지에 오른다
어둠이 걷히면 비도 그치리 기다림 끝에
장백폭포에 무지개가 선명하다
얼마나 별러서 온 것이냐
마침내 백두산천지 앞에 선다. 광활하다
좋은 울음터에 한바탕 울만하다
수십 년 등짐을 내려놓은 듯
궁궐 문을 열어젖히듯 가슴을 편다
승사하를 따라 펼쳐진 초원을
아이처럼 뒹굴며 울다가
바라보면 구름이 흘러가는 저기
국경을 달리하는 천지를
건너는 배는 없고
다만 내 선조의 근원을 천지에서 본다

이 물을 길어 병에 채워 간다
우리의 우물 맛이다.

봉정암 가던 날

산에 드는 것은 절을 찾는 마음이다
버릇 때문에 머리 허연 나이에
봐도봐도 가고픈 설악산을 오른다
구부 능선에서
힘겨워하는 노부부와 사미니를 만났다
라일락과 함박꽃 향기가 예까지 올라왔다
어둠에서 빛 속으로 들어가듯
봉정암에 당도해 보니
풍경도 삼매경인 듯 고요한데
법당 문은 닫쳐 있고
댓돌에 흰 고무신이 고즈넉하다
예서 하룻밤 묵고 가리
칠흑 같은 어둠 걷히기를 기다려
새우잠을 깬 아침은
소나기 그친 뒤 하늘처럼 맑다

오색으로 내릴까

천불동 쪽을 택할까 채비를 서두른다.

귀면암에서

대청봉에는 잣나무도 누워 누운잣나무
천불동 계곡의 귀면암 머리에는 청청한 소나무
생명의 뿌리 바위틈을 비집고
고래 힘줄처럼 동해에 닿을 듯

누운잣나무는 높은 곳에서 얼굴을 숙였고
귀면암은 낮은 골짜기에 우뚝하다
가까이서 안 보이던 귀면이
멀리서 보니 오히려 신비하구나

설악은 설경이 제일인데
눈길에는 쉽게 시작하여 이별하는 사랑과
손을 잡아주는 의지목도 있지만
흔들리는 바위도 있다

놀아라 잘들 놀아라
내 품에서 놀긴 하지만
새처럼 날아 오를 생각 마라
길 아닌 곳으로 오르다가 실족하면
지게에 얹혀 청솔 덮고 가는 아이야
하늘에 침 뱉는 너의 이름이 부끄럽다.

낙성대 落星垈

관악산자락 봉천동
하늘 아래 제일 높은
하늘을 받드는
그래 깃발 높은 동네
산은 돌며돌며 인생처럼 천천히 오르는 것
그렇게 지는 척하며
세상살이 조금씩 밑지면서
불우이웃과 같이 우는
밑절미 좋은 사람들이 이웃해 사는 동네
멀리 작은 듯이 보이는 별처럼
마음의 여지를 보이는 겸허
그래 작은 창문에
큰 별이 보이는 집 집들
옛날옛날 관악산자락
강감찬 장군도 살았다네

멀리 보면
하늘 가는 길 같은 능선은 하나
우리 지붕이 된 관악산에
낙성대가 하늘가에 보인다.

월노사 月老寺

너무 멀리 있기에 작게 보이는 별 별무리
푸른 은하물을 건너오는 달
하얀 구름 속에서 토끼는 떡방아를 찧고

한낮을 울던 뻐꾸기 숲에서 잠들 때
목화꽃 피는 언덕에서 안고 놀던 달
향촌의 길에는 달이 실어오는 향기가 있다

수목과 바위와 질곡의 삶에 쌓인
회한과 시름을 달래려 서해를 건너
마침, 월로사에서, 잃어버린 달을 다시 보았다

희한한 절 이름에 부쳐
미달한 시객이 "달이 기운다"하니
老子 이르되 "달이 기운다고 아주 지리요

月老는 달을 경배함"이란다.

* 月老寺 : 중국 강소성 무석에 위치한 太湖의 섬에 있는 절.

우리 지붕 관악산

멀리 보면
하늘 가는 길 같은 능선은 하나
우리 지붕이 된 관악산이
하늘가에 보인다

옛날 같은 달이 떠서
과천 나무장수 이야기
할머니의 음성처럼
가만가만 안방까지 들어온다

살갗 만지듯 오르는 산
그 자락 낙성대 이웃하여
하늘가를 즐겼던 미당(未堂)
손에 잡힐 듯 머리 위에 웃고 있는 산

하늘을 받드는 봉천 신림 사당
모두가 평안하라는 안양
관악산을 지붕 삼아 한 동네를 이루고
잘 살아라 잘 살아라 말씀으로 섰다
우리 죽어서도 바라볼 곳이다.

진도 소곡리 북춤

고향이라면 어머니
섬이라면 진도가 떠오른다
섬이라서 큰 다리 놓아
순후한 인심과 빼어난 풍광을 내륙에 퍼 나른다
놀이라면 모두가 신명 나는 강강수월래에
진도 아리랑이 맞춤이라
춤이라면 소곡리 북춤
저녁 상을 물리고 홀가분하게
동네 마당에 고무신을 신은 채
잔잔한 물 위에 배 떠나가듯
진양조로 시작해
피리 소리 잦은 가락 휘몰이로 신바람을 내면
어깨가 으쓱으쓱
나비 날고 학이 춤추고 숭어 물위로 뛰어오른다
산을 울리고 파도를 일으킬 듯 천둥 치는 북소리

둥근 달도 한패가 되어 우쭐대며 춤을 춘다
호미를 놓고 삽을 놓고
동네 마당에 모두 모여
논밭에서 흘린 하루의 땀을
북춤으로 씻어낸다.

진도 행

진도 하면 옛날 삼별초가 궁궐을 지어
지키던 섬이라지만
울돌목 위에 큰 다리 놓여 내륙이다
내륙이라도 바다가 빙 둘러친
천혜의 풍광에 유적이요 명승이다

진도 하면 충직하고 용맹하고
죽기로 제 집을 찾아가는 개하고
구성진 진도아리랑 가락
비릿한 갯내음에 실려 후한 인심 살맛을 내고
소포걸군농악이 신바람을 더한다

그곳에 내 업히고 싶은 친구 강무창과
새로 눈맞춘 소포리의 고진 김병철이산다
거기 아주 살진 못해도

서너 번 가도 가고 싶다

소리를 내어 우는 바다 길목을 건너 또 가고 싶다.

제7부

기다리면 피겠지

산수유꽃 봉오리 노릇노릇
기다리는 꽃동산
꽃 핀다고 잔치할까
꽃 진다고 곡(哭)할까
인생살이 오고감이 꽃 같아라
철 따라 꽃 피고 열매 열고
부모님 모신 동산에
산수유꽃 노릇노릇
기다리면 피겠지
기다리면 꽃새도 날아오겠지

벚꽃 길

꽃 보네 둘이서 꽃 보네
신방에 신부 맞이하듯
언 땅을 밟고 온 맨발에
내리는 따뜻한 햇살
꽃자루 송이들이 간들간들 나부낀다
삼천 뼈마디가 일어서는
소름 끼치도록 황홀한 개화
둘이서 꽃 보며 눈 맞추네
시간도 멈추어 선 듯
간지러운 웃음 소리 단내나는 향기 일색일세
쉬엄쉬엄 가자
눈 감아도 눈부신
여기는 둘이 가는 벚꽃길이다
더 보아도 눈팔 곳이 없다
이렇게 좋은 하루

시계는 정말 멈추었을까

촛불이 꺼질 듯 나부끼는 꽃송이에 바람이 분다.

들국화

하는 일 부질없고 갈 곳도 막연하여
돌 하나 주울까 강가에 나왔더니
찾는 돌은 홍수가 몰아가고
보석보다 고운 들국화가
간들간들 나를 불러 세운다
황량한 돌밭에 혼자인가 하였더니
온종일 제 그림자만 바라보는 꽃이 나를 반긴다
돌일랑 말고 꽃을 옮겨 올거나.

사랑초

낮게 앉아 작은 꽃이 피는 사랑초
꽃봉오리가 실잠자리만하다
꽃봉오리라 할 것도 없이
수련꽃 물 밑으로 잠기듯
밤에는 꽃잎 오므리고
해가 중천에 올 때쯤 그제야
다문 입술 핑크색 꽃잎을 연다
긴 밤의 나라에서 온 아가씨인 양
자줏빛 고운 잎에 감싸 안기어
애기처럼 어리광을 부린다
길들인 꽃
꽃 하나가 꽃밭 전부보다 소중해
수천만 별들 속에 내가 보는 꽃.
이름 부르면 낯 붉히는 이런 아가씨
지금도 여기 살고 있으니.

고추꽃을 보며

나무껍질만 보고는 이름을 모르겠더니
헛바닥을 내미는 잎새들
저요저요 이름을 불러 달라 종알거린다
엄나무 드릅나무 허깨나무 마가목 노각나무
먹으면 약이 되는 나무나무 이름을 불러준다
나 언젠가 숲속에 자리 보아 누우면
아들 딸 또 손자 손녀들까지
오월의 잎새들처럼 내 이름 부르려는지
오늘은 고희도 고개 너머 애보개 되어
고추꽃 피어나듯 쌀알 같은 젖니 본다

풍란꽃

풍란은 숯처럼 타버린 바위에 이슬을 받아먹고
심심하다고 보아 달라고
그림자도 작은 잎 속에서
소금발 같은 꽃을 피운다

육지를 향해 실 같은 목을 빼어 늘이고
꽃을 흔들던 풍란
가난한 집에 귀한 집 딸 들이듯
백도에서 가지고 왔다

간절하면 등걸에서 싹이 난다고
괴목에 풍란 올려 목부작을 만들었다
긴 세월 기다린 보람으로 꽃이 피었다
꽃이 고마워 자다가도 깨어 본다.

미나리

'소나무나 매화가 아버지라면
미나리는 어머니'라고 읊은 시인은 왕유(王維)다
나무의 일품이 소나무요
야채의 일품은 삼덕(三德)을 갖춘 미나리

가난에 시달리고 시절에 억눌려 인생이 고달프면
응달의 수렁에서
오히려 싱싱한 미나리가 떠오른다

날이 가물어 풀과 곡식이 누렇게 타들어가고
태풍이 과일을 쓸어버리고
소가 병들어 산채로 파묻을 때
가뭄에도 푸르름을 잃지 않고
강인하게 살아가는 미나리가 위안이 된다

진흙탕 속에서도 때 묻지 않고
미나리처럼 싱싱하게 잘 자라라고
뜻을 길러주는 어머니
그래 '호미도 날이언마는 낫 같이 들리 없다'하였다.

꽃 소식

소나무 사이에 정자를 짓고
해맞이 달맞이 하며
차를 나누자던 때가 언제인가
깜깜하니 소식 없다가
매화가 피었단다
어느 나라 소식인가
무슨 바람 무슨 햇볕이기에
양력 첫 달에 매화가 피었단다
아직도 산골짜기에는 쌓인 눈이 그대로 있고
부엉이는 새도록 봄을 불러 목이 쉬었는데
수화기를 타고 오는 소리에 귀가 뻥 뚫린다
찻잔에 꽃잎을 띄웠더니
그윽한 향기에 친구 얼굴이 떠오른다고
다기에 다시 물 부으며
멀리 있는 친구를 한탄한단다

화선지 펴 놓고
그 찻잔에 향기로운 매화를 그린다.

능소화

깜박깜박한다
많은 이름들이 꼭꼭 숨었다
그리운 사람들 이름을 외우다가
막히면 꽃노래를 부른다

'산에는 꽃 피네 꽃이 피네
갈 봄 여름 없이 꽃이 피네'
누가 부른 노래더라?
달래 냉이 꽃다지 망초꽃
금낭화 섬초롱꽃 나팔꽃

아, 나팔꽃 같은
산나리꽃 빛깔로 벽을 타고 오르는 꽃
이름이 감감하다
아내에게 무심중 한 말

문자로 보내왔다

능소화라고

어두운 방에 등불 켜 주는 이 있어 다행이다

귀룽나무

한다리길 백 리를 걸어서
누님댁에 가노라면
조랑말을 타고 싶었다
보리밥도 아쉽던 시절
쌀밥에 김을 얹어주며
많이 먹으라는 말씀이 더 맛있다

누님 동네 어구에 홀로 선 귀룽나무
그 아래서 놀던 나는 친구
스무살 꽃나이로 시집가서
두 아들 뒷바라지에
손에서 호미가 떠나지 않았다
귀룽나무는 육십 년 넘겨 나이테를 더했지만
인민군 부역 나간 뒤 소식 없는 남편
누님의 가슴 속엔

귀룽나무 옹이처럼 옹이가 생겼다
쪽진 머리 새털처럼 하얗다.

금낭화

꽃들은 모두 이름이 있다
자잘한 풀꽃까지
그리기 좋은 꽃은 이름이 예쁘다
금낭화를 보면
비단주머니가 조롱조롱 달린 것 같고
심장 모양의 진분홍이다
활짝 피면 목구멍 속까지 보인다

옛날 어느 시골에
가난한 며느리가 살았다
밥을 다 짓고 맛보다가
엄한 시어머니께 들키는 바람에
밥풀을 급히 삼키다가 목에 걸려
가난한 며느리는 죽고 말았다.

그 무덤에서 금낭화가 피었는데
밥풀꽃이라고도 하는 연유다
할 수 있다면 내 저승에 들 때
배고픈 꽃 만나 위로할거나
전설보다 예쁜 꽃.

소금꽃

칠월이면 꽃 피어
순백의 마음이 나를 부른다
소금밭 짭짤한 절벽에서
이슬 받아 피는 소금꽃
낮게 앉아 그림자도 감춘 채
비바리 물질 보며 하얗게 웃고 있다
백도에 소금꽃이
뱃고동 소리보다 멀리 향기를 보내니
꽃이 있어 섬이 된다고
천리 밖 사람에게
꽃 향기를 전한다.

* 소금꽃…풍란꽃

분꽃

분꽃은 저녁에 피는꽃
분꽃이 필 때
누나는 일터로 간다

분꽃 같은 누나 얼굴
분꽃 이슬은 누나의 땀방울
아침에야 얼굴 숙여 집으로 돌아온다.

엄한정 嚴漢晶

- 아호 梧下, 念少, 1936년 인천 출생.
- 서라벌예술대학 및 성균관대학교 졸업.
- 1963년 『아동문학』지와 『現代文學』지로 등단.
- 시집 『낮은 자리』『풀이 되어 산다는 것』『머슴새』『꽃잎에 섬이 가리운다』『면산담화』『풍경을 흔드는 바람』 동인지 『이한세상』 1-16집
- 국민훈장석류장, 한국현대시인상 본상, 성균문학상 본상, 일봉문학상, 한국농민문학상, 한송문학상 수상.
- 한국문인협회 감사, 국제펜클럽한국본부 이사, 한국현대시인협회 부회장, 한국농민문학회 회장, 미당시맥회 회장, 한국문인산악회 회장 역임.
- 이한세상 동인, 교직 40년 경력.
- 현주소 : 151-755 서울시 관악구 관악로 304, 110동703호 (봉천동 관악현대아파트) 전화 02-872-9248, 010-2224-9248
Email - oha703@hanmail.net

█████ 21

풍경을 흔드는 바람

| 초판 1쇄 인쇄일 | | 2015년 4월 16일 |
| 초판 1쇄 발행일 | | 2015년 4월 21일 |

지은이		엄한정
펴낸이		정진이
편집장		김효은
편집/디자인		김진솔 우정민 박재원
마케팅		정찬용 정구형
영업관리		한선희 이선건
책임편집		김진솔
표지디자인		박재원
인쇄처		월드문화사
펴낸곳		국학자료원 새미(주)

등록일 2005 03 15 제25100-2005-000008호
서울특별시 강동구 성안로 13 (성내동, 현영빌딩 2층)
Tel 442-4623 Fax 6499-3082
www.kookhak.co.kr
kookhak2001@hanmail.net

| ISBN | | 979-11-86478-05-9 *04800 |
| 가격 | | 15,000원 |